憶秦娥〔旦上〕深深院弄晴時候東風軟東風軟晝長無那暖鶯初囀〔浣〕夢餘口喚添香篆畫眉一綫屏山遠〔合〕屏山遠捲簾花氣夜來深淺〔春光好〕〔旦〕紗窗淺畫屏深意沈沈春着裙腰無力暗知音〔浣〕燕尾翦裁羅勝翠茸點綴花簪小姐呵你一點春攢無限事打鞦韆擲金錢賭荔枝拋紅豆常自轉眼舒眉到李小眉心〔旦〕浣紗眉心有甚事來〔浣〕小姐未遇李郎時郎上門鎮日紗窗裏眉尖半簇敢自傷春也〔旦〕春香呵嗜志比做女兒時由得自家心性那〔浣〕可是成人

玉茗堂紫釵記〔卷上〕

暖紅室

不自在哩

夜遊春〔生上〕宿雨朝陽館鬆花控柳烟初滿幽歡何妨日日展擁溫柔恨夜來寒頓淺〔浣紗溪〕輕打銀箏落燕泥暖絲高罥畫樓西〔旦〕花冠閑上午牆啼〔生〕眉色暗深芳草徑曆花輕綻碧桃溪〔旦〕箇人何事閑深閨〔生〕娘子說何事閑深閨與你春遊半日〔旦〕酒籠衣箱俱已齊備請行〔行介〕〔生〕名園春色正相宜〔旦〕夫婿前行少婦隨〔生〕竹裏登樓人不見〔旦〕花間覓道鳥先知〔浣〕這是百花園門首哩

先。〔浣〕這是行藏圖可計也

暉道行少婦隨〔生〕行東接人不見〔旦〕花間貪道高

次椿但已齊備請行〔介〕〔生〕名圖春色正相宜〔旦〕大

深閨〔生〕頗了何事閒深閒與你春遊半日〔旦〕適稱

眉色暗淡芳草酒醫花落藥翠綠〔旦〕相人何事閒

舂燕泥鶯語高音清遠西〔旦〕花運開上午牆〔生〕

坊日風掃過來夜來雙眼路〔浣紗〕〔淚〕轉打嬌啼

〔夜遊春〕〔生上〕清雨朝朝陰後錦花燈柳細初濃幽夜何

不自在

汪蒼堂浣紗記 卷上

梁辰魚 著

呵音志北敕女兒時由得自家心性形〔浣〕可是佳人

麻上門鎮日紗窗裏虛度少年繡技自憐春也〔旦〕春香

打模韆金鏤花錦繡枝紅豆常自轉眼好眉到本香

小眉心〔旦〕浣紗心事甚〔浣〕小桃未過李應時

林畔鶯聲翠草畢縱横花落小處百分一點春讀無限事

畫品深意沉沉春着流鳳無力語如音〔浣〕蓮底頭

遠〔合〕屏山遠掩簾花氣夜來深綠〔春光好〕〔旦〕紗窗落

無那暖簾鶯轉〔浣〕淺斜日照落香綠畫眉一樣屏山

嬌柔嬌〔旦上〕淺深浣語時候東風東風吹畫長

畫眉序〔生〕花裏喚神仙，幾曲園林芳徑轉，〔旦〕正春光
滿眼桃李能言，鋪翠陌平莎茸嫩，拂畫檐垂楊金偃。
到門介〔合〕春紅成片無人見，平付與鶯捎燕翦。咱繞
花行一遭也、
黃鶯兒〔生〕偷眼豔陽天，帶朝雲暮雨鮮。〔旦〕拈花介一
枝低壓宜春院，芳心半點，紅妝幾瓣，和鶯吹折流霞
茜，糝香肩，春纖袖口，拈插鬢雲邊。〔生〕送酒介
皁羅袍尊酒把玉人低勸，背東風立穩，微笑花前。斜
簪抱出金縷懸，步香埃窣地淩波見。〔旦〕作醉介〔生〕湘

玉茗堂紫釵記 卷上 四八 暖紅室

裙皺彈，晴絲翠烟，粉融香潤，拚嬌姿妍。真珠幾滴紅
妝面。
啄木兒〔旦〕狂耍婿，遊戲仙，荳蔻圖中春數點。閒心性
皺花呵展，繡工夫葡萄幾綫。卻怎的半踏長裙香徑
遠。想你向銀塘照影分嬌面，怕溜閃了釵頭鬢影偏。
流天雨哩、作避雨介
玉交枝〔生〕催花雨片，度池亭草氣薰傳。點蜻蜓撇去
驚飛燕，趁泥香掠水盤旋。咱兩箇一逕行來一字肩，
同行覆着同心扇。停半霎瀟湘畫欄，坐一答繡墩金

綫、生坐介秋鴻上洛下才人貪折桂秦中美女好觀花。梟相公天子留幸洛陽開塲選士京兆府文書起送即日餞程不得遲誤。生如此快文排行李渭河登舟也。鴻明日放參京兆府春風催馬洛陽橋下旦新婚未幾明日分離如何是好李郎你看我爲甚宮樣衣裳淺畫眉只爲曉鶯啼斷綠楊枝春閨多少關心事夫婿多情亦未知妾本輕微自知非匹今以色愛託共仁賢但慮一旦色衰恩移情替使女蘿無託秋扇見捐極歡之際不覺悲生。泣歎介生平生志願今

日獲從粉骨碎身誓不相捨小玉如何發此言請以素縑著之盟約。旦浣紗箱盒裏取烏絲闌素段三尺和墨筆硯來。浣烏絲闌在此。生作寫介寫完呈覽旦讀介水上鴛鴦雲中翡翠日夜相從生死無悔引喻山河指誠日月生則同衾死則共穴。旦李郎此盟當藏寶篋之內永證後期。

雙玉供玉胞肚心字香前酬愿鎮同衾心歡意便碎心情眉角相偎趁光陰巧笑無眠五供養絮香囊宛轉把烏絲闌翰墨收全玉胞肚向一段腰身好處懸生小生

巴綵鬬句果冰全【旦唱】一段儂小好處懸【生】小生

清河相根走光陰巧笑維眼【賞丑做】茶香囊苑轉把

雙王娛【生旦唱】心字香前原須同念心歡意愜存心

藏寶餘之丙一天強餘期

一而措找日月生則同衾死則共穴【旦】李郎也思當

讀介木上鴛鴦雲中非翠日夜相依生死無悔別雨

相思筆硯來【淨】高深闌在此【生】作揖介高兄口王請【旦】

素鎌著之盟約【旦】流涕紛綢金袁取烏綵闌素段三尺

日擲從綵旨許身誓不相捨小王姐何故此言請以

王梓童娛記　卷上　　　　　　　　晏粧室

區旨指倂戴之际不譬悲生【泣】戴介【生】平生志願今

許共六仁寶值慮一日怡安夜四落涓替使文羅集許林

事夫婿分淸亦未佰舍本壇夜日知非匹今以酒愛

衣裳挨畫眉口鴿應濟畴圖綵榻枝春闌紗小鬬心

蟾未掩明日分離何存是好本今顧你看我鴦其西古樣

見【唱】明日故京兆府春風推區洛陽橋【丁】【旦】薪

送郎日錢程不得遲誤【生】如此次排行本李漏河登

花宗相公天子招幸次選開場選士京兆府文書起

幾生小生介夜浪上滄下十人負所桂秦中美女兼霸

這點心呵、

【玉供鶯】（玉抱肚）你精神桃李天生的。温香膩綿惹嬌音。春思無邊。倚纖腰着處堪憐。（五供養）佳期正展。爲甚的顰輕笑淺。教青帝長如願。（黃鶯兒）鎭無言。一春心事。輕可的付啼鵑。（旦拜介）李郎有此心。奴家謝也、

【川撥棹】情何限。爲弱柳擡青眼。怕只怕箋煤字般。怕只怕箋煤字般。道得箇海枯石爛。囑付你休輕趣好。花枝留倚欄。李郎、看看日勢向晚、（回介）

【憶柳嬌】（憶多嬌）（合）春色黯。香徑晚。怯棲鴉啼向鳳城單。

【亭前柳】（前乗）倒景暮光殘。染殘霞衣袖彈。（憶多嬌）春興闌珊。春興闌珊。忙歸去。階苔翠斑。（旦作跌介）

【月上海棠】（合）三寸蓮。重臺小樣紅偏綻。怕逗了朱門半約。花關這一番。遊滿春山。較添得許多嬌眼人影散。啾𩙪外。花陰裏。叩響銅環。（浣紗持燭上開門介）

【尾聲】一簾春色如雲嚲。（咯）高燒銀燭到更殘。（怎說起）送你箇趁春風遊上苑。

（生）銀缸斜映晚妝紅。（旦）且照離情今夜中。
（合）夫唱婦隨長自好。青春明月不曾空。

這點心、可
王佳嬌（旦唱）不許神猿李天生的溫香軟綿潔吉
春思無邊落絮滿青堤柳（集賢賓）期正風吹甚郎
讚蘭天疏放言帝尼知願（生唱）窺羞言一春心事曉
可惜杯酒（旦拜介）李郎有此心成家謝也
川猿靖何限渡弱柳搖青眼只怕淺媒字般怕
只合緩深字股道得個消林石燭處付外林塵趙好
花故溜摘個本郎春香日勢向（回介）
憶柳嬌多（合）春色惱香衾啼喉休緩鶯啼向鳳城單
玉簪記　卷上　　二十
聊亭面乘個景莫光殘來殘霞太袖彈（滿腸多）春興闌珊
春興闌珊杜鵑去路古翠斑（旦作送介）
月上海棠（合）三十年運重臺小樓紅偏縱怕逗了朱明
牛約花關道一番遊滿春山教添得許多添眼人影
散嗽鶯外花陰裏門響銅環（淡妝鋪上鬧介）
尾聲一簾春色如雲障　雲高滿銀河到更殘遍
送小窗春風送上簾
（生）遍紅斜映嶺收紅（旦）且限清今夜中
（合）天台歸遲是白好　青春月不曾空

第十七齣　春闈赴洛

【秋鴻】上 日暖鶯聲麗。風輕馬足先。主人能及第。童僕也登天。昨日相公分付。今日赴科。這早還未起來。叫浣紗、【浣紗上】鴻請相公起程。京兆府有人伺候。正是才子功名易。佳人離別難。【下】

【十二時】旦上 何事春草草。正銷凝。未了燕爾歡。遲鴛班。赴早枕屏山夢斷。魂遙強起。愁眉翠小。銀餅瀉水促朝裝。淚濁紅鉛。影嶂光。卻怪滿身珠翠冷。無人俚暖。醉紅鄉。奴家與十郎為夫婦。幾日不想行幸洛陽、

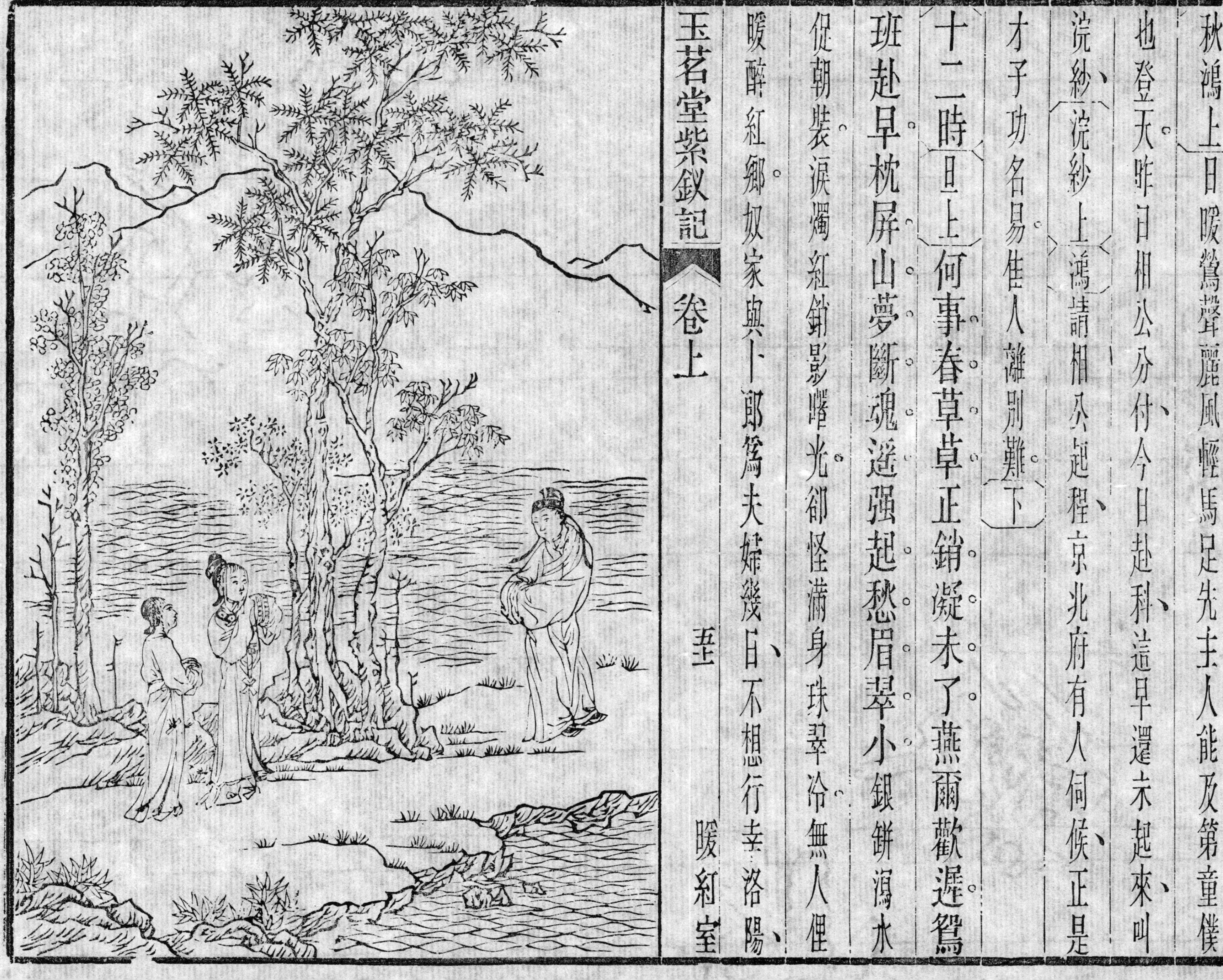

第十七齣

彼中開選、李郎要赴京兆府、起送秀才、雖則半月之
程、亦自牽人愁緒、早已拜辭了老夫人也、
繞池遊（生上）青雲路有賦、就淩雲奏、望朝雲徘徊意。
久（旦）李郎、真、箇、起程也、
黃鶯兒紅袖濕天桃、乍驚回雲雨朝。淚桃香二月春
雷早、你去後呵、雲橫樹杪、雨餘芳草、畫眉人去走章
臺道、望迢迢。金鞭惜與誰、分玉驄驕。
前腔（生）休恁淚皴綃、為朝陽停鳳簫、乘龍人試把龍
門跳、向黃金榜標、披香殿朝、洛陽才子爭年少、望迢

迢歸來、攜手彩袖御香飄。（鴻上）稟知、船在渭河也、
杯傾琥珀（傾杯序）（旦）年少麗春園、接受了求賢詔（琥珀貓兒）
隊飲御酒三杯、休醉了也、不管咱、朱門悄待泥金報
英豪、你趁着這春水船兒天上坐了。
前腔（生）韻高多應我、詩成奪錦袍、沉香亭捧硯寫清
平調、也則怕你愁望的酥胸拍漸銷、多嬌還你箇夫
八絲君七香車載了。（鴻上）稟相公、京兆府催請餞程
聲（旦）去也呵、不多時、斷續鶯聲小、還立盡暮雲芳

從中間選李郎西京赴考送香大羅[illegible]年月之

程示自家人[illegible]早已年[illegible]了老夫人也

[illegible]（生上）[illegible]

人（旦）李[illegible]也

（黃鶯兒）[illegible]天[illegible]日[illegible]雨[illegible]春二月春

雷早[illegible]雨[illegible]方草[illegible]人生[illegible]

[illegible]王[illegible]

（前腔）（生）林[illegible]

門[illegible]金[illegible]

王[illegible]記　卷上　三

[illegible]香[illegible]（旦上）[illegible]也

林[illegible]（旦）[illegible]春圖[illegible]了[illegible]

[illegible]酒三杯林[illegible]了[illegible]

[illegible]天上生了

（前腔）[illegible]

平[illegible]

八[illegible]（旦上）[illegible]

[illegible]

應試折雖無佳曲然去俗雲遠矣

草李郎、你去京兆府呵、學一箇京兆眉兒替我描。

（旦）遊子帶天香。閨人戀夕陽。

（生）明知牛月別。要使兩情傷。

第十八齣　黃堂言餞

【番卜算】雜扮京兆府尹上　黃屋去東巡、紫詔來西尹。桃花春片起魚鱗、直上龍門峻。洛陽開榜喚羣英老拙承恩尹漢京、覩草天書中祕出、插花春酒秀才行。下官京兆府尹是也、聖駕幸洛陽開塲選士、俺京兆府長安縣單起送李益秀才一人、早晚到也。

【好事近】（生上）京兆選才人、起送向長安灞津。飄飄獻賦欲淩雲、領取上林春信。報見介　李益請拜見老先生。拜介（生）披雲纔見日。（尹）翰墨久聞香。（生）雅度憐鸚鵡。（尹）高飛看鳳凰。左右看酒來、

【長拍】紫詔皇宣、紫詔皇宣、少年英俊、青衫上墨香成陣。李秀才、你此去呵、龍蛇硯影、筆生花繞殿晴熏。今日呵、吉日共良辰、醉你箇狀元紅酒浪桃生暈。只望你烏帽宮花斜插鬢、轅帶垂袍掛綠雲。臨上馬御酒三杯喧盡滿六街、塵香風細妬殺遊人。（生）小生量淺

三杯宣盡滿六街塵香風細柳殘疏漏人（生）小生嘗遊

你烏帽宮花斜插賚轡鞭遊泥綠上馬御酒

日何吉日共良辰辭你簡秋行酒酒林生暈只量

俺本李秀才你此生可讀破影筆生花結般精熏令

長安開語宣捷語皇上少年英俊吉少上遙香成

號（丑）高飛看鳳凰去左右看酒來

（外扮）（生）拔擢鼠見日（丑）觔墨入闈看（生）雖更文棘闈

賦詠經濟領取上林春信（外扮）兒（介）李益拜見兒尊

（淨近）（生上）京兆選才人到送門兒安淨庸飄飄

士滿堂紛紛說（合上）言　餞紅室

府長安縣單起送李益秀才一人早到也

下官京兆府尹是也奉聖旨考選士俺京兆

頭名因開科演京兆首薦天下中試出榜林杏宴酒李秀才行

樣花插花片旗金鐙宜上請門媛祗為頭雙鞭英才

（淨扮京兆府尹上）黃堂風去市沙堤來西行

第十八齣　黃堂言餞

（生）明府今日別　　要使雨情傷

（旦）幾千帶不着　　留人戀少

告行、（尹）末也、少年中了探花郎、還有好處哩、

【短拍】翰苑風清翰苑風清。蓬萊天近御香浮滿眼氤氳。覗草玉堂人。紫荷囊金魚佩。那些風韻到大來管掌着紫薇堂印少不的人向鳳池頭立穩越富貴越精神。（尹送生介）

【尾聲】俺京兆尹送賢臣。送你上朝班玉笋有精神做得箇圖畫淩雲第一人。

（尹）爐中九轉煉初成。　舉主看時亦自驚。

（生）惟有太平方寸血。　今朝盡向隗臺傾。

第十九齣　節鎮登壇

【點絳唇】雜扮衆將官上　塞草烟寒。旗門天半紅雲綻。疊鼓凝旛。大將人歡看。塞上鶯春氣色新。關西纔換護羌軍。堂堂上將登壇日。笳鼓驚飛一片雲。列位請了、喒們都係玉門關內將官、今日新節鎮劉爺升帳、伺候則箇、

【西地錦】外扮劉節鎮末小生扮將官佩劍淨雜扮卒持刀丑雜扮卒執旗上　意氣鳳凰霄漢。身當虎豹雄關。坐擁貔貅三十萬。錦袍玉帶朱顏。（鷓鴣天）曉風蕭

合 仆 并 末 [illegible]

短 [illegible] 翰 苑 風 清 [illegible] 風 清 逢 [illegible] 天 [illegible] 香 [illegible] 眼

盧 頭 草 王 堂 人 [illegible] 布 囊 金 [illegible] 到 大 [illegible] 當

掌 着 [illegible] 印 少 不 [illegible] 人 向 鳳 [illegible] 頭 立 [illegible]

[illegible] 生 仝

尾聲 [illegible] 北 [illegible] 送 賢 臣 送 [illegible] 上 朝 王 [illegible] 有 精 神

合前 [illegible] 圖 畫 [illegible] 雲 第 一 人

（旦）[illegible] 中 九 轉 [illegible] 初 成。舉 主 看 [illegible] 時 [illegible] 白 驚。

（生）[illegible] 有 大 平 方 寸 血 今 朝 盡 向 [illegible] 臺 [illegible]

[illegible] 卷上 [illegible] 紅 [illegible]

第十八齣 [illegible]

[illegible] 上 [illegible] 草 [illegible] 門 天 [illegible] 紅 雲 [illegible]

[illegible] 大 將 人 [illegible] 春 [illegible] 新 [illegible]

[illegible] 上 [illegible] 日 [illegible] 一 片 雲 [illegible]

[illegible] 今 日 [illegible]

[illegible]

[illegible] 上 [illegible] 將 古 [illegible] 劍 [illegible]

[illegible] 上 [illegible] 風 [illegible]

[illegible] 三 十 [illegible] 王 [illegible]

玉茗堂紫釵記　卷上

琵琶獨旋竿。畫戟油幢劍氣攢。九姓羌渾隨漢節。六州番落拜戎鞍。　穿塞尾出雲端。二月天西玉帳寒。何事連營歌吹發。漢家飛將舊登壇。自家扶風劉公濟是也。叨承將種。慣握兵機。初當塞北擒胡。今拜關西節制。日吉魁罡。走馬升帳。分付衆將官放參。（衆將官）參見（介）恭賀老爺。封侯萬里。（劉）起來。關西事近日如何。（衆）聖日長輝。邊塵不起。十分平安。漢家開四郡。斷匈奴右臂。大唐分界兩羌。爲大河西小河西。二國近被吐番鈐束。生心兩面之羌。誠恐將來有妨邊計。（劉）

如此、須當演兵征討、（衆）領鈞旨、（演兵介）

【山花子】（劉）大唐朝素號天可汗。河西臂斷呼韓問。何如參差吐番。怒沖冠帶挺獅蠻。（合）點旌旗風傳玉關。倚空同長劍天外山。望河源臨風把星宿彈。萬里封侯圖畫淩烟。（劉）衆將官、俺鎮西鎮少箇參軍、如今吐番爭戰河西、軍書冗急、喒已寫下表文、請一位新科翰林來作軍咨兼爲記室、河西一軍旌旗生色矣、（衆）領鈞旨、

【前腔】（劉）長鎗隊裏也要毛錐站。軍咨記室優閒羽書

飛奏檄凱還須詞鋒筆陣瀾翻。（合前）

【尾聲】（衆）將官、你竪牙旗打點刀環轅門外鼓角鳴霄漢。還看取投筆新參他做箇定遠班。

（劉）大將從天陣捲雲　虎符初出塞西門

（衆）參謀到日飛書去　定報生擒吐谷渾

第二十齣　春愁望捷

【金瓏璁】（旦浣上）（旦）風日洗頭天。綠影暗移鴛甃。陡陰餘薄衫寒透。泥香燕子柔。水碧鴉嬌皺。一簾花雨濕春愁。【惜分飛】春愁無緒、拖金縷夢梟、餘香、不去、（浣）故

[illegible]春[illegible]金[illegible]宮[illegible]不外生（完）詩

餘[illegible]寒逐泥香燕子來水暗牆嬌一簾花雨濕

金瓏璁（旦）宮上（旦）風日清頭天淡影暗[illegible]鶯聲[illegible]陰

第二十齣　[illegible]

（淨）參謀對日飛書去　定教生擒吐谷渾

（外）大將從天降將壇　虎符初出漢西門

（末）[illegible]定遠班

（生）[illegible]打[illegible]刀環轅門外鼓角鳴霄

[illegible]（合前）

[illegible]記 卷上　[illegible]

（前腔）（旦）[illegible]軍容記室[illegible]書

[illegible]言

[illegible]木東作軍容兼為定遠河西一軍旗[illegible]（生）[illegible]

番爭[illegible]可書乃[illegible]下[illegible]文[illegible]請一[illegible]

[illegible]圖畫凌煙（副）[illegible]

[illegible]空同長劍天外山[illegible]河[illegible]風[illegible]星宿[illegible]萬里[illegible]

[illegible]（合）[illegible]旗[illegible]風[illegible]傳王[illegible]

[illegible]子（副）大唐朝[illegible]入[illegible]河[illegible]問[illegible]何

[illegible]此[illegible]在[illegible]

故驚人睡誚來彈鵲心兒喜〔旦〕飄飄奏就淩雲賦
會是兒家夫婿〔合〕望極波凝翠盼花邊立馬泥金字
〔旦〕浣紗李郎赴舉知得意何如好悶也
傍羅臺〔傍妝臺〕〔旦〕傍妝樓日高花榭嬾梳頭晗不曾經
春透早則是被春愁暈的箇臉兒烘哈的箇眉兒皺
〔早羅袍〕鳴鳩乳燕青春正幽游絲落絮東風正柔〔傍妝臺〕
這些時做不得悔教夫婿覓封侯
〔前腔〕〔浣〕謾凝眸他可在杜鵑橋上數歸舟你合的是
夫妻樂他分的是帝王憂怎做得尋常般兒女儔蟲

蟻樣雌雄守他是西京才子教他罷休洛陽春老知
他逗遛只願他插花筵上占定酒頭籌
〔前腔〕〔換頭〕〔旦〕錦袍穿上了御街遊怕有箇做媒人闌住
紫驊騮美人圖開在手央及煞狀元收等閑便把絲
鞭受容易難將錦纜抽箜歌畫引平康笑留烟花夜
擁俺秦樓訴休恁時節費人勾管爭似不風流
〔前腔〕〔換頭〕〔浣〕你好似一眉新月上簾鉤百年人帖不上
半年週雨雲香猶自有絲蘿契急難丟你夜香不冷
前宵兒他畫錦還歸故苑遊你花冠領取因何恁憂

前番門也畫錦堂錦故花沽花冠飯因何在蕊
半年迴而雲香漸自有綵羅笑錦手介夜香不合
前腔一月上百年人世不上
撲春捲去賞人分管到不風流
顛安容身海盡引平床笑留嫣花放
步暉關美人圖閒在手大及深淚元收拾閒抽絲
前腔上了抽透甫奈人閒住
他心道花這上古定通須講
摸雄守西京大行教他罷休洛陽春去知
上卷
夫妻樂分明是有三更夜半日暮得撥兒女傳聲
前腔詩可在杆晴梢上數聲鶯何合的是
出此時不曾教人見討依
早春東風正來
春透早則是嬌春量的酒醉兒淚合的酒困眉兒
倚羅臺日花柳頭路不曾
日本日有甚可知也
合天大好合
收人睡酉未

敬苑作月下

香車穩載因何恁愁少不的卿卿榮耀占住了小紅樓。

【尾聲】泥金喜畫堂幽印押的鸞封紅耀手只這些時燈花閒弄玉釵頭。

【旦】長安此去無多路。　鬱鬱葱葱佳氣浮

【浣】良人得意正年少。　今夜醉眠何處樓

第二十一齣　杏苑題名

天下樂【雜扮文武官上】玉署春光紫禁烟青雲有路透朝元三天日色黃圖外四海雲光綠字前列位請

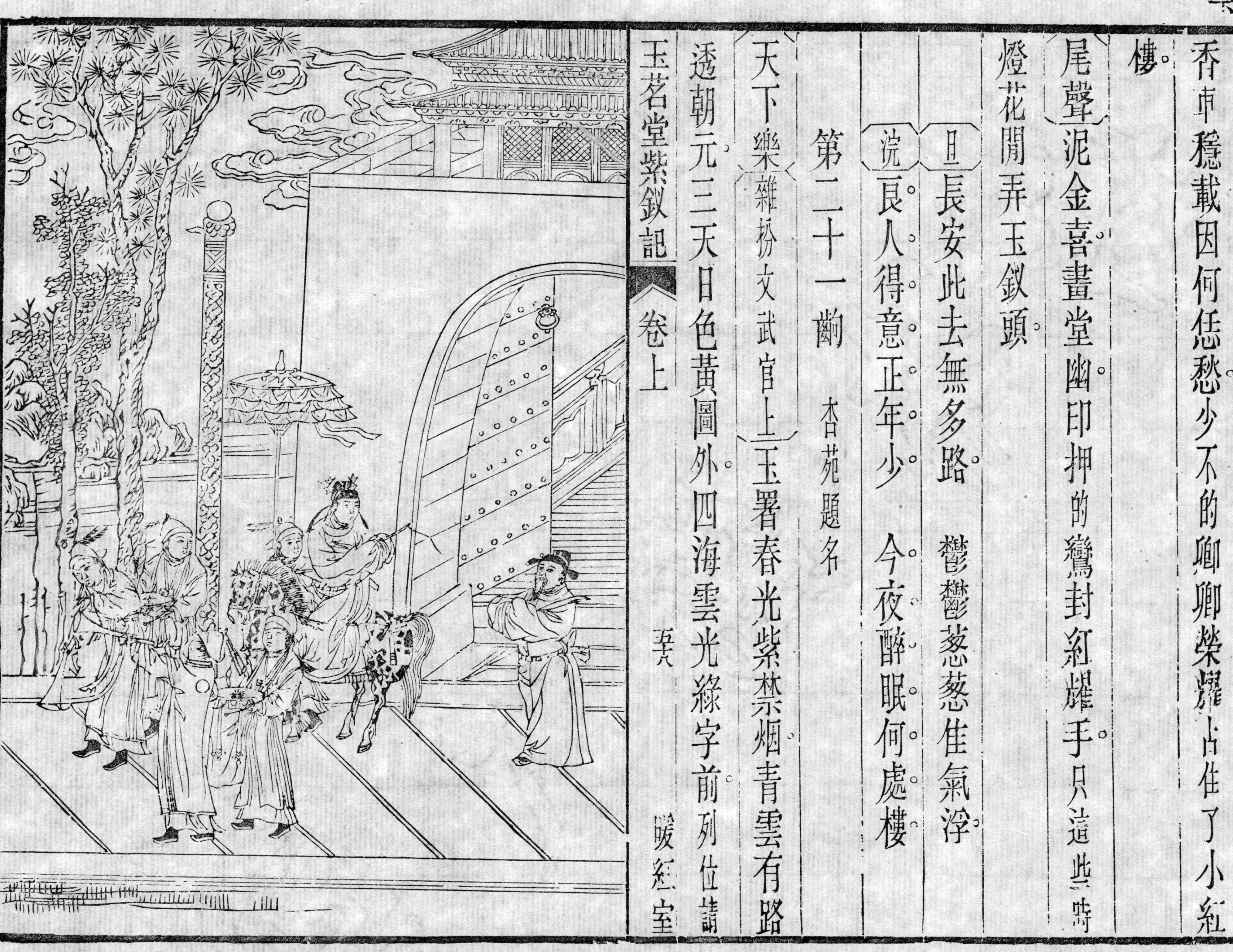

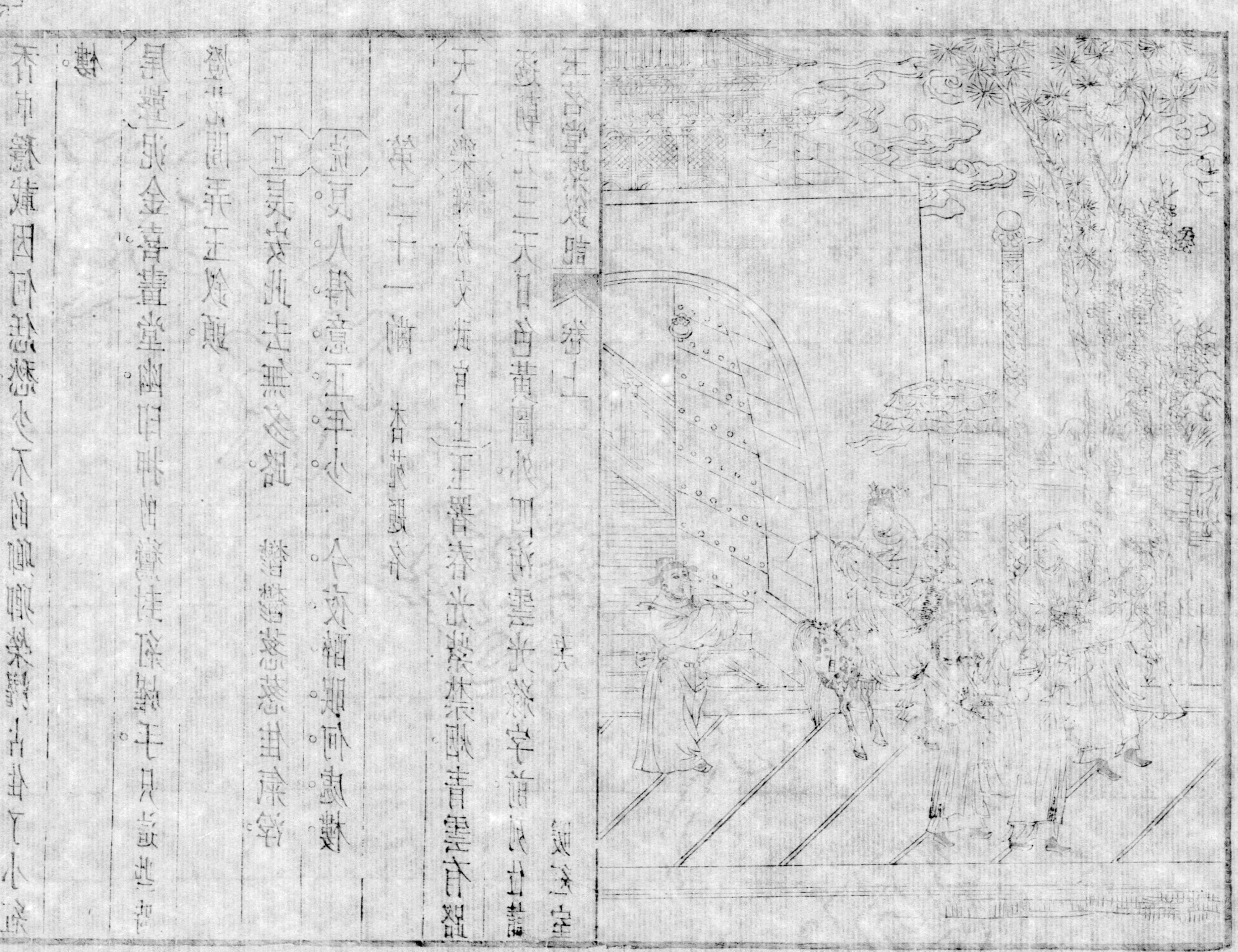

了今日殿試放榜。聖旨親點了隴西李益書判拔萃
堪爲狀元。早到五鳳門外恭候也

〈卜算子〉〈生〉朝衣上。鸞鳳繞身翻。奏徹祥雲見姓字香。生紫陌喧。日近君王面。〈衆〉請狀元謝恩〈生謝恩介〉

〈滴溜子〉〈滴溜〉聖天子。聖天子。萬壽臨軒。賢宰相賢宰相八桂擎天。人中選出神仙。總送上蓬萊殿。宮袍賜宴。

〈玉芙蓉〉謝皇恩。今朝身惹御爐烟。〈衆〉請狀元赴宴〈生行介〉

〈前腔〉笑從前。笑從前。文章幾篇。喜今日。喜今日。笙歌

上苑十里。珠簾盡捲。纔認得春風面。祥雲一片浪桃香曲江人醉杏花筵

〈尾聲〉鈴索一聲花滿院。這清高富貴無邊。多和少留此故事與人傳

〈衆〉紫陌萬人生喜色。〈生〉曲江千樹發仙桃。
〈衆〉青雲已是酬恩處。〈生〉莫惜芳時醉錦袍。

第二十二齣　權嗔計貶

〈一落索〉盧太尉外小生扮從官丑雜扮祇候執棍引上 劍履下朝堂。平步星辰上。春風桃李遍門牆。敢有

上閬風丁島堂平步是上。春風桃李遍門牆。故行

一落索曲太淋小小千拂從宜丑雜分派侯執拂引

第二十二調　蘇東坡

〈一〉青是丁是酬恩處。〈上〉莫惜芳時醉錦袍。

〈一〉深深百萬人生喜。〈上〉由江千樹發仙枝。

出故事與人傳

〈尾聲〉發來一聲花滿院。清高富貴無邊。多和少留

香曲江人醉杏花筵。

上苑十里綠黛盡春。意得春風。面難墨一片。江溝

王若蒙收錄〈卷上〉

前度羨從前羨從前。文章幾篇。喜今日。喜今日登第

行令

〈上〉簪花英〈一〉謝皇恩今朝身卷曲煙。〈一〉語狀元北宮〈上〉

相八桂蓬。天入中選出神仙。隨從上蓬萊殿古祠賜

酒〈一〉滿王宴〈上〉。聖天子。聖天子萬壽臨軒。賢宰相賢宰

生柴府造日近君王面。〈一〉語狀元謝恩〈上〉謝恩今

小〈尾〉算子生左上〈一〉鸞鳳齊身翻奏。循環看見桂子香

遷狀元早到王鳳門外來來也

丁今日殿試拔選聖上親題了甄西本千金書中引拔萃

盧太尉既屬爲洛陽因而出鎮孟門郎兒一番遷轉且新狀元不肯謁見明有相輕之意以此重激其怒參軍之計出矣

一枝兒直强隻手擎天勢獨尊。錦袍玉帶照青春。洛陽貴將多陪席。魯國諸生半在門。自家盧太尉、長隨玉輦、協理朝綱、聖駕洛陽開試、咱已號令中式士子、都來咱府相見、昨日開榜、有箇隴西李益、中了狀元、細查門簿、並無此人姓名、書生狂妄如此、可惱可惱、咱有一計、昨日玉門關節度劉公濟一本奏討參軍、俺就奏點李益前去、永不還朝、中吾計也。堂候何在、

（末扮堂候上）玉班承相府、花事洛陽春。稟老爺有何分付、

（盧）天下士子、俱到太尉府、可怪新狀元李益、獨

公小〔道〕天下士子俱知大陽[illegible]可[illegible]請[illegible]本[illegible]滿

末扮堂候上王日[illegible]京有[illegible]京合有[illegible]行

[illegible]號[illegible]李[illegible]前去示不[illegible]中古言也堂[illegible]在

[illegible]有一喜好日王門[illegible]及到公[illegible]一木奏[illegible]參軍

[illegible]本宣[illegible]近無此人[illegible]名書生往[illegible]可[illegible]可[illegible]

都來[illegible]相見[illegible]日開[illegible]有[illegible]西李[illegible]中了狀元

王[illegible]朝[illegible]聖[illegible]汝[illegible]開[illegible]已號令中定士子

[illegible]貴[illegible]多[illegible]國[illegible]生[illegible]在門。自家[illegible]大[illegible]長隨

一枝兒直[illegible]文手擎天大[illegible]。者[illegible]王[illegible]吉春。[illegible]

王[illegible]記　卷上　十[illegible]

不到吾門、俺有表薦他玉門關外、參軍你去文書房說知、

【風帖兒】你說他書生筆陣堪爲將。編修院無他情況。那劉節鎮呵、表求箇參軍選人望。【合】須停當奏兵機特地忙。【堂】知道了、【盧】還分付你、

【前腔】你說玉關西正干戈廝嚷。寫勑書付他星夜前往。官兒催發不許他向家門傍。【合前】

【淨】堪笑書生直恁愚。教他性氣走邊隅。

【堂】人從有理稱君子。自信無毒不丈夫。

下

玉茗堂紫釵記　卷上　　暖紅室

第二十三齣　榮歸報喜

【喜遷鶯】【旦上】鵲語新晴。尒初分燕爾參差上苑聞鶯。雲近蓬萊。烟消洛浦。正春風十里柔情。怎愁隨繡綫初迴夢繞。香絲欲住春困。也紅妝向晚歸來莫誤卿卿。盡世文章金馬門。京西才子洛陽春。東風不捲珠簾面。待向花邊得意人。昨夢兒夫洛陽中式。奴家梳妝赴任。好喜也、

【二賢賓】【二郎神】憑欄定正東風人。在洛橋花影試着春衫鬆。扣頸幾回纖手薰。徹金猊爐冷。好是舊香荀令

不到玉門[illegible]王門關外參軍[illegible]

知道

鳳歸兒 你[illegible]書生鎮障堪為將 漏盡無情況

那到邊關來求參軍選人 合 須停當[illegible]

行地步 堂 知道了 盧 [illegible]分付 你

前腔 [illegible]王關西王千丈文[illegible]書付他星夜前

往[illegible]不許他向家門[illegible] 合 前

淨 堪笑書生直恁愚 教他怎氣走邊關

侯 人從有理稱君子 白 信無書不丈夫

玉茗堂紫釵記 卷上

第二十三齣 [illegible]

[illegible]

語。娉。婷。趁新妝。神遊書省。〔集賢賓〕夢。似惺。背紗窗。教人。

幾番臨鏡。

〔前腔〕（旦）重省別時可、衫袖兒翠膩酒痕香逆（浣）十郎

終日遊街耍子哩（旦）想應他也為我懨懨病日高慵

起長是託春醒未醒（浣）蛛絲兒早喜也（旦）恁雨絲烟

映弄蠨蛛兒晴甚風光展翠眉相領正銷凝好流鶯

數聲堪聽

〔玩仙燈〕（老旦上）車馬正喧迎新狀元花生滿徑兒京

兆府接新狀元將至說李郎是也快備簫鼓迎宴

〔齊天樂〕（生擁秋鴻草帽鑾帶雜執瓜鎚外末小生淨

執樂器上）御道塵銷春晝永彩宸簫史門庭飛蓋坊

花停驄襯草此日風流獨勝兒介獻賦已成龍化去

除書親得鳳銜來花明驛路胭脂暖山到秦樓罨畫

開（老旦）狀元及第恭喜賀喜（生）指日

長安闕奉泥金之報慚愧慚愧（老旦）浣紗看酒（浣上）

袍香宮裏綠春色狀元紅酒到

〔畫眉序〕（老旦）花暖洛陽城似獻賦河陽舊風景喜吹

噓送上九天驕騁探一枝春色歸來帶五色祥雲飛

記天街釵横
□影此曲中
□□處

映【合】跳龍門此日門楣應簫鼓畫堂歡慶

【前腔】【旦】曾中雀金屏你是箇人敎英雄愛先㨗趁仙郎年少把縣君親領舊相如有駟馬前言新京兆畫畫眉清興【合前】

【前腔】【生】曾傍玉梅清報春色江南未孤冷喜素娥親許暗香相逢喜漢宮帽壓花枝記天街釵横梅影【合】【前】

【前腔】【浣溪】春滿玉蓬瀛寶燭籠紗篆烟鼎看宮袍袖惹翠麴花勝雨露恩天上碧桃春風燕日邊紅杏【合】

【前】【堂候官上】客路朝朝換鶯啼處處聞報知金榜客參佐玉門關下官盧太尉帳下徑來報李狀元除了劉節鎮關西府內參軍事早晚催赴邊關此處便是通報見介【生】久領朝命客下它數日起程【堂】使得咯在灞亭西相候也【下】【旦】驚問介門外那官兒報狀元那裏去【生】歎介朝命催俺去玉門關參謀劉節鎮軍事不久便回

滴溜子【老旦】謾說道三千丈風雲路徑作歸來且把十二西樓月映趁部華人歡娛佳境便似尋常喜氣

近門闕也盼煞迴鸞影兀的真箇乘龍怎生不並〔生〕

酹了也〔旦扶生遊介〕

【鮑老催】〔旦〕從天喜幸綠衣郎近得紅妝敬與郎酹扶起玉山凭休酩酊宜豪興當歌詠守得你探花人到留春臏你向天街上遊衍把香風趁合歡樹今端正

【雙聲子】〔衆〕門庭興門庭興遊畫錦春光凝非僥倖非僥倖郎君福夫人命真相稱真相稱皇恩盛皇恩盛羨夫榮妻貴永久歡慶

【尾聲】從今後一對好夫妻出入在皇都帝輦行謝皇

恩瞻天仰聖〔生〕則怕少不得綠暗紅稀出鳳城

〔老旦〕朱衣頭踏引春驄〔生〕歸到蓬壺畫錦濃

〔旦〕果稱屏開金孔雀〔浣〕休教鏡剖玉盤龍

第二十四齣 門楣絮別

【步步嬌】〔老旦上〕彩雲欲散秦簫徹向御溝頭流水別嬌啼暗幽咽去馬驚香征輪繞月風暈的塞塵遮好門楣做了陽關疊〔謁金門〕留不得留得也應無益小玉窗前紅袖滴鳳臺人半刻 乍團欒底抛擲柳色灞橋今日恐柔鴛鴦三十六孤鸞還一隻自家鄭六

娘女兒小玉、招得李十郎名魁春榜、官拜詞林、便差去西鎮參軍、聽得關西吐番軍情緊急、（悲介）我的女兒也、

（醉扶歸）合歡衾覆着纔停帖。連心枕結得好周遮。雙棲半步不離些。亂花風擺亞金泥蝶。那馬兒站不了七香車。關山點破香閨月。

（前腔）（流）恰好的鳳鸞簫雙吹向漢宮闕。怎教他旗影裏把筆陣掃龍蛇。小姐呵、昨宵燈兒下打貼的淚行斜。今朝車輪上碾碎的柔腸絕。杜鵑來了好咨嗟。知

伶今朝車輪上張碎的柔腸杜鵑水了淚行各逕知

頭眼筆陣揚龍說小姐可非常路下打站的淚行

前程（注）情書尚鶯鶯又吹向溪若關欲征旗影

了七香車兒山可被香里月

雙溪半古不羅北亂花同羅西金泥宋頭里兒古不

解洪鶴合散金銀青緞便古連心林紿車好再難路

兒也

大兩鎮多車驟得圖西旦番正情眼急（悲介）我的女

媛又見小王主渴今十郎忍的春燕官拜詞林更差

王西廂記　卷上　　注　　　□紅□

深閨淑女疑
誤作疑慮

後會在何時節、（鮑上）乍雨乍晴春自老。閑愁閑悶日偏長。細聽鶯語移時立。怨楊花別路忙。聞得李十郎高中還鄉、從軍遠去、特取一分春色相看萬里征人、（見介）（鮑）鄭夫人、你爲十郎遠征、哭啼得好苦也、（老旦）噜娘兒命薄也、

女冠子（生上）離愁滿目。還雌雄劍花倫。覷漸魂移帶眼。夢飄旗尾。玉驄嘶緊。畫鸞飛墜。（旦上）鏡臺紅淚雨送江左參軍。洛陽才子。（衆合）繞屏山舊路。幾許歡娛少年羈旅。（老旦見哭介）李郎真箇生別離呵、苦殺老娘也、（生）四娘也在此、

玉茗堂紫釵記卷上　　奚　　暖紅室

古女冠子（老旦）覷得着新狀元爲女婿。正喜氣門闌歡聚。一杯春酒王孫路。看不足。怎教去。（生）便歸好生護着家門也、（老旦）王門老婦何須疑。誤便待你侯封絕塞。奇男子。（生）噜身是當門女丈夫。（合）別離幾許。省可也薄情分付。

前腔（生）妻你須索不捲珠簾。人在深深處踏着這老夫人行步。老夫人呵、愧仙郎榜不着門楣。住冷落你鳳將雛。（老旦）李郎早回。妾身老年人也、（生）瑤池西母

後命在有時論【旦上】年兩人情本自古明妝開圖曰

侯臣通播議詁發時並但絡恩古別隊忙聞信本一

迎高中沖徒軍遠去特取一八春色相看語里行

人【貼】【淨】朗夫人你為十兩[illegible]來納兒院得奴去

也【老旦】[illegible]家兒合離也

女冠子【生上】離愁滿目遠愁[illegible]淚落花倒顛車過移譜

眼夢[illegible]有王闕嗎[illegible]書鸞添陽【旦上】滿臺紅淚雨

送江[illegible]路隔大子【淨】合綿呼山舊於幾許嫩娥

少年[illegible]日日夫人【末上】李原真簡生別離何來苦去

王昭君　卷上

笑　　　鍾室

順也【生】回須也在也生

古女冠子【老旦】趨得着新來元為女婿正喜兩田間

觀政一杯春酒王孫路音小足為樂去【生】便語寺十

便著來門【生】【老旦】王明兆婦何須疑語便作你作

花運王明子[illegible]身是當門女丈夫【合】別離父去一首句

也請事分付

前院【生】妻你須索不推辭人主[illegible]溝清[illegible]

夫人行去夫人可怕雨使不着門擔出合落汲

鳳將雛去【生】李原早日去身夫年人也【生】跪西去

把絳桃深護。咱把壽山的苦母，向遙天祇愛海的閒
娃窄地呼。（合前）
【前腔】（旦）人去也、知他此恨平分取。淚閣着斷雲殘雨。
更無言語。空相覷。老夫人直恁苦。看女配夫。等閒離
阻。咱夫妻覆不着桐花鳳子。毋空啼桂樹烏。（合前）、
【前腔】（鮑）畫堂前訴定箇花無主。似人家燕子妻夫。（盡）
商量止不住。他鵬程路。說得箇儒冠誤。便去待何如。
留他怎住。怕猿聞離別堪腸斷。便蟻大前程也索拚
命趨。（合前）（淨扮將官上）上將程期在灞陵。難久羈。快

請參軍起行、（生拜辭介）老夫人呵、
【一撮棹】你慈闈冷。好溫存你箇鳳女孤。（老旦）李郎你
邊關苦。好將息你化龍軀。（生）鮑四娘他娘女伊家早
晚間好看覷。（鮑）深領取。還是你早回車。（旦）眼見的拋
人去。有訴不盡的長亭語。（合）真去也。早和晚索盼取
幾行書。（老旦）李郎幾時回來。（生）多則一年、
【哭相思尾】最苦是筍條兒嬌婿生離拆。女娘們苦也。
（老旦）踢倒介（生旦下）（鮑）老夫人休憂他萬里封侯歸
來正好、

鮑門楣不久去關西。【老旦】綠窗嬌女隱愁眉。

【合】流淚眼隨流淚水。斷腸人折斷腸枝。

第二十五齣　折柳陽關

【金瓏璁】【旦浣上】【旦】春纖餘幾許，繡征衫親付與男兒。河橋外香車駐，看紫騮開道路擁頭，踏鳴笳芳樹都不是秦簫曲。【好事近】晚枕怯征魂，斷雨停雲時節。【浣】忽聽御溝殘漏，迸一聲淒咽。【旦】不堪西望卓香車，相看去難說。【合】何日子規花下，覷舊痕啼血。【旦】【浣】紗、這灞橋是銷魂橋也。

玉茗堂紫釵記　卷上　夾　暖紅室

【北點絳脣】秋鴻口雜扮辦官背勅捧劍外淨扮將執刀老旦雜執旗擁生上【生】逞軍容出塞榮華，這其間有喒不倒的灞陵橋，跨接著陽關路，後擁前呼，白忙裏陡的箇雕鞍住。旌旗日暖散春寒，灑濕胡沙淚不乾。花裏端詳人一刻，明朝相憶路漫漫。左右前軍停駿、外待夫人話別也呵。【見介】【生】出門何意向邊州。【旦】夫你匹馬今朝不少留。【生】極目關山何日盡。【旦】斷腸絲竹為君愁。李郎今日雖然壯行，難教妾不悲怨、前面灞陵橋也、妾待折柳尊前、一寫陽關之思、看酒

夢鳳按毛本前軍作頭踏

夢鳳按原題作前腔誤

夢鳳按葉譜作慢點懸債

目殘痕界玉姿怕層波溜溢粉香渠輕臙染就湘文筯

過來

北寄生草怕奏陽關曲生寒渭水都是江干桃葉渡
波渡汀洲草碧粘雲漬這河橋柳色迎風訴【旦】折柳
介柳呵纖腰倩作綰人絲可笑他自家飛絮渾難住
【生】想昨夜歡娛也

么篇倒鳳心無阻衣鴛畫不如衾窩宛轉春無數花
心歷亂魂難駐陽臺半霎雲何處起來鸞袖欲分飛
問芳卿為誰斷送春歸去【旦】有淚珠千點沾君袖也

么篇這淚呵慢頰垂紅縷嬌啼走碧珠仌壺迸裂薔

薇露欄杆碎滴梨花雨珠盤濺濕紅綃霧怕層波溜
折海雲枯這袖呵瀟湘染就斑文筯【生】只儘啼得苦
也

么篇不語花含悴長顰翠怯舒你春纖亂點檀霞注
明眸謾壁回波顧長裙皺拂行雲步便千金一刻待
何如想今宵相思有夢歡難做【旦】夫王關向那頭去

么篇路轉橫波處塵飄淚點初你去呵則怕芙蓉帳
額寒凝綠葉茵帶眼圍寬素藻荷燭影香銷灶看畫
屏山障彩雲圖到大來蘼蕪怕作相逢路【旦】李郎你

北浩生其浩茶隔由生其浩來都是江千樹柔後
嬌鶯行溝章若雪漬浩河春色透風訴（旦）非[illegible]
（合）柳困纖腰倩作落人緣可笑金白家春染流蘇華忙
（生）想非夜微媛也
【么篇】倒鳳心無回來消盡不知金燈消轉春無數花
心懸飢魂難斷隔遠今雲翠柯處生來驚和欲分流
問芳興商難斷送春歸（生）【三】有珠千里[illegible]
【么篇】這須可憐設顛連紅纖禍恁先語珠入蓮逢贈語

玉茗堂紫釵記　卷上

藏鸚闌杆碎落紋花所珠盡盤紅綠紋由圖[illegible]
[illegible]海雲柏[illegible]瀟湘滾珠斑文節（生）[illegible]
也
【么篇】不語花合體長釁翠堆花春鸞[illegible]檀[illegible]
明時設還回放照長來款摘行雲步[illegible]十金一刻行
何知過今宵相思恁方夢欺難徹（旦）大王關向那頭[illegible]
【么篇】路轉橫波連遠飄流[illegible]到士河則向芙蓉[illegible]
錦瑕綠宋火眼圖遠集潮影香鈴并[illegible]書
屏山障彩雲圍到人來瀟灑瀟灑作相逢路（旦）李郎[illegible]

可有甚囑付、

〔幺篇〕〔生〕和悶將閒度留春伴影居你通心紐扣蕤蕤束連心腰綵柔柔護驚心的襯褥微微絮分明殘夢有些兒睡醒時好生收拾疼人處〔旦〕聽這話想不是輕薄的只眼下呵

〔解三醒〕恨鎖著滿庭花雨愁籠著蘸水烟蕪也不管鴛鴦隔南浦花枝外影踟躇俺待把釵敲側喚鸚哥語被疊慵窺素女圖新人故子霎時眼中人去鏡裏鸞孤〔生〕俺怎生便去也再看酒

〔前腔〕倚片玉生春乍熟受多嬌密寵難疎正寒食泥香新燕乳行不得話提壺把驕驄繫鞍相思樹鄉淚迴穿九曲珠銷魂處多則是人歸醉後春老吟餘〔旦〕你去敘人怎生消遣

〔前腔〕俺怎生有聽嬌鶯情緒全不着整花朵工夫從今後怕愁來無着處聽郎馬盼音書想駐春樓畔花無主落照關西妾有夫河橋路見了些無情畫舸有恨香車〔生〕妻則怕塞上風沙老卻人也

〔前腔〕比王粲從軍朔土似小喬初嫁東吳正才子佳

同在其偏付
公（謂）生和聞將周度春伴影居你通心結相連萍
東遣心頭綠柔柔護心的嬌羞微微笑分明發遠
有此光暉言好生來拾來人處（旦）聽言語想不起
藉滿只要下同
【解三醒】眼鎖着落處花雨香鎖落簾水烟無也不着
鶯舊路前滿花枝外影陪語倚針把釵敲側鬢鬟尋
語收畫翠蛾素女圖新人故上愛時眼中人去鏡裏
鸞仙（生）步忌生便去也再須還
玉茗堂紫釵記　卷上　七　怡紅室
【前腔】倚片玉王生春午熟愛多嬌密寵難禁正寒食泥
香消減孔行不得語提起相思樹漏淚
迴腸九曲珠淚暗處多則是人歸醉後春老吟餘（旦）
你去欲人生路遙
【前腔】俺怎生有聽隔鶯情緒全不着花朵工夫
今從怕愁來無着處聽風聞門音書想懶春樓中花
無主孫只得西沒有夫何滿怕只了三無情畫削有
殷香車（生）惠頃消息上鳳才女佳人也
【前腔】比王粲從軍比小喬初嫁東吳正才子佳

人無限趣。怎棄擲在長途。三春別恨調琴語。一片年
光攬鏡噓。心期負。問歸來。朱顏認否。旅鬢何如。〔旦〕李
郎、以君才貌名聲、人家景慕、願結婚媾、固亦眾矣、離
思縈懷、歸期未卜、官身轉徙、或就佳姻、盟約之言、恐
成虛語、然妾有短願、欲輒指陳、未委君心、復能聽否、
〔生驚怪介〕有何罪過、忽發此辭、試說所言、必當敬奉、
〔旦〕妾年始十八、君才二十有二、逮君壯室之秋、猶有
八歲、一生歡愛、願畢此期、然後妙選高門、以求秦晉、
亦未爲晚、妾便捨棄人事、翦髮披緇、夙昔之願、於此
足矣、

〔前腔〕是水沉香。燒得前生斷。續燈花喜。知他後夜。有
無。記一對兒守敎三十許。盟和誓看成虛。李郎、他絲
鞭陌上多奇女。你紅粉無依。一念奴關心事。省可的。
翠銷封淚錦字挑思。〔生作涕介〕皎日之誓、死生以之、
與卿偕老、猶恐未愜素志、豈敢輒有二三、固請不疑、
端居相待、
〔前腔〕唶夫人城傾城怎遇。便到女王國傾國也難模。
拜辭你箇畫眉京兆府。那花沒豔。酒無娛。總饒他眞

人無限恨。[illegible]樂在[illegible]後三春[illegible]調其語一片年光[illegible]心期[illegible]問[illegible]來未[illegible]何如。（旦）李郎以君才地名聲，人家景慕，願結婚媾，固亦眾矣。況堂有嚴親，室無冢婦，君之此去，必就佳姻，盟約之言，恐成虛語。然妾有短願，欲輒指陳，永委君心，復能聽否？（生驚怪介）有何罪過，忽發此辭？試說所言，必當敬奉。（旦）妾年始十八，君才二十有二，迨君壯室之秋，猶有八歲。一生歡愛，願畢此期，然後妙選高門，以諧秦晉，亦未為晚。妾便捨棄人事，剪髮披緇，夙昔之願，於此足矣。

【前腔】（旦）是水沉香燒得前生斷續，這花亭知他後夜有無定。一對兒守[illegible]三十許盟和書有成[illegible]李郎[illegible][illegible]房上多[illegible]女[illegible]無成一念奴關心事曾可的。翠鈿封淚錦字題詩（生作指介）皎日之誓，死生以之。與卿偕老，猶恐未愜素志，豈敢輒有二三？固請不疑，端居相待。

【前腔】[illegible]夫人城傾城怎遇，便到女王國傾國也難逢。拜將你箇畫眉京兆府，那[illegible]酒無限恨能偎眞珠掌上能歌舞。忘不了你小玉窗前自歎吁傷情處。看了你暈輕眉翠香冷唇朱。

【生查子】（卒崔上）才子跨征鞍。思婦愁紅玉。芳草送鶯啼。落花催馬足。早聞得李君虞起行。到日午還在紅亭偎傍也。（見介）（崔）李君虞。軍中簫鼓喧填。良時吉日。早行早行。（生）實不相瞞。小玉姐話長。使人難別。（卒）昔人云。仗劍對尊酒。恥為離別顏。李君虞男兒意氣。一何留戀如此。郡主。俺兩人還送君虞數程。回來便有平安寄上。軍行有程。未可滯他行色。正是長旗拂落

日。短劍割離情。（下）（内作簫鼓介）（生）妻。你聽簫鼓喧鳴。催我行色匆匆。密意非言所盡。只索拜別也。

【鷓鴣天】掩殘啼回送你。上七香車守着夢裏夫妻碧玉居。（旦）不索回送也。但願你封侯遊畫錦。不妨俺啼烏落花初。（衆擁生下）（旦）他千騎擁萬人扶。富貴英雄美丈夫。浣紗。送語參軍。教他關河到處休離劍驛路逢人數寄書。

（旦）一別人如隔彩雲。斷腸回首泣夫君。
（浣）玉關此去三千里。要寄音書那得聞。

[illegible]王闕此去三千里 要落音書[illegible]

[旦]一別人如隔歲[illegible]

遂人散學書

[illegible]

夢鳳按原題朝元歌今從葉譜

第二十六齣　隴上題詩

金錢花（衆上）渭城今雨清塵清塵輪臺古月黃雲黃雲催花羯鼓去從軍枕頭上別情人刀頭上做功臣列位請了俺看參軍夫人離別好不疼人也一點紅擔參軍早上

滿庭芳（生上）路慘長楊魂銷折柳畫橋水樹陰匀玉堂年少何事拂征塵爲問綠窗紅淚芳尊冷袍袖香分留不得灞陵高處猶自帝成春城頭日出使車來古戍花深馬埒開忽聽鳴笳兼畫角聲聲思人古輪

臺恨殺陌頭楊柳色縮定青衫留不得思婦空題渭水南征夫早向交河北昨去香閨灞橋折柳非不棨我心曲其奈畏彼簡書只得收淚長辭麾軍上路左右起行

朝元令（衆）風氤馬塵曉色籠驂靷河濱彩輪綠水隨流軫黑隊奔蛇文旗畫隼電轉星流一瞬疊鼓揚鉦南庭朔方知遠近草色伴王程皇華勞使臣（合）遊轀帶緊早趁封侯鵲印封侯鵲印

前腔（生）回首長安日近東方送使君南陌恨聞人雪

卷二十六　[illegible]

金錢花（生上）渭城今雨清塵，清塵輪臺古月，黃雲黃

異催花搖鼓夫子平頭，上門時人刀頭上被功臣

列位請了，俺看參軍夫人壽別來不攻人也一點紅

播參軍早上

酒旋游（生）（上）床後長坂遊納折柳畫橋水閣臨勾王

堂年小何車轉征塵吹問綠窗征淚苦事令雨袖香

分留不得都隨肩向朝酒白雲成春城頭日出使車來

古坟花深用開了急馬兼畫泊燕輩鞭用馬人古輪

王芳詩敘曲　合上　主　晏紅室

臺泉誤府項褪南色維定青泓油不得思時空西里

水店征夫早向交河北岸去杳聞邊橋折柳非不樂

我心曲其奈異彼篇書只得收淚屍歸車上路去

有定分

朝元令（合）（原）風靈開歌舞遇節賓河資沙論淚水韻

猶豫無涼舍坎文旗書雷轉是流一殘疊鼓摛征

百歲剛方知道近年白作王程早轉塞策使臣（合）送轉

前梁早起封侯請印拜侯瑞詞曰

向晚（生）日首長安日近東方送收君向南陌問人運

[illegible]

夢鳳按葉譜月點作月羽亦作峰

夢鳳按原題日兒高今從

嶺燕支陽臺翠粉去住此情難問短劍防身胡沙彫
顏吹旅鬢蕩子去從軍恩榮變苦辛（合前）（眾）稟爺前
面隴頭水一支入漢一支入胡（生）這分流水是斷腸
流也隴上題梅杳無便使喒日古一首綠楊着水草
如烟舊是胡兒飲馬泉幾處吹笳明月夜何人倚劍
白雲天從來凍合關山道今日分流漢使前莫遣行
人照容鬢恐驚憔悴入新年

前腔（眾）隴上謾尋芳信顧恩不顧身還自想羅裙古
戍笳鳴關山笛隱也不管梅花落盡立馬逡巡流水

聲中無定準飲馬斷腸津思鄉淚滿巾（合前）鎮西軍
或吹上鎮西官校迎接參軍

前腔（眾）落日長城隱隱星芒拂陣雲月點照花門谷
日旗迴烽亭樹引轉過西河上郡氣色河源天街旄
頭猶未隕長笑立功勳邊城麴米春（合前）
（生）心期紫閣山中月（眾）身過黃堆峰上雲
（生）年鬢揩從書劍老（眾）戎衣今作李將軍

第二十七齣　女俠輕財

繞池春（繞池遊）日上嫌單愛偶迭的腰肢瘦（洞房春）離愁

玉茗堂紫釵記 卷上

動頭正是愁時候首夏如秋這冷落誰生受君知否
池塘綠皺雙鴛鎮並頭〔卜算子〕花月湊新歡弄雨晴
初愜夫婿不風流取次看承妾 去去怎回頭路轉
屏風捐一點在眉心嬾蘸花黃帖 浣紗相公去了幾
日也〔浣〕好幾日哩〔旦〕崔韋二秀才說送李郎出境同
音還不見來想起當初呵
〔鎖金帳〕花燈會偶驀地情抛受短金釵斜鬢溜烟絲
那般輻輳那般圓就不枉了一對一對兒靈心聚頭
翠淺紅深探定花間手看他取次取次兒偎融箇透

夢鳳按葉譜探作揉

[illegible]

[illegible]

[illegible]

[illegible]

[illegible]

[illegible]

[illegible]

〔前腔〕〔浣背唱〕他雲嬌雨弱倚定箇陽臺岫。唱陽關春
事休。看他那般迤逗。那般僝僽。迡纖腰暮雨。暮雨河
橋折柳帶結同心。翠濕了啼痕袖。少不得一聲去也。
去也。摧攢的勾。〔旦〕浣紗。咱夜夢見也。
〔前腔〕心情宛舊繞定。咱身前後。咱低聲問還去否。問
他這般不湊。那般不抖。〔低唱介〕便待窗前窗前推枕
兒索就。呀。回首空牀斜月疎鐘後。猛跳起人兒不見。
不見枕根底扣。〔浣〕小姐。且向相公書房中閒走散心
也。〔行介〕

玉茗堂紫釵記　卷上　廿六　暖紅室

〔前腔〕〔旦〕綠窗塵覆。硯水琉璃漚。〔浣〕怎生秋鴻遺下這
文房四寶哩。〔旦〕行箱內他自有。瑣窗兒都是嫩苔也。
看他那邊鋪皺。這邊縈繡。不信蒼苔蒼苔比情較厚。
浣紗。想有人來也。〔低唱介〕榻影明窗。曾和他書齋後。
〔浣〕有人來。〔旦作慌介〕猛擡頭聽窗外。窗外啼鶯一書。
〔旦〕浣紗。書窗外半枝青梅好摘下也。〔虛避介〕
〔前腔〕〔韋崔上〕長安盡頭送別箇儒林秀。怕斷腸人倚
樓兩箇。一時歡湊。一時愁就。則爲箇些箇些兒香溫
膩柔。呀。門兒裏可是小玉姐走閃也。見客人來藏剗。

本竹林本作
喟葉譜客人
作有人

學鳳按禁約
葉譜作禁的

金釵溜和羞走也走也撚青梅做嗅（旦）浣紗來的章
崔二先生問他送李郎何處有甚回言也
〔前腔〕知他去後箇底思量否長相見還相舊禁約真
箇開頭真箇丟手便送了他幾箇長亭出秦關訴休
有的情詞寄上俺妝臺右這幾日孤單孤單教人怏
瘦（浣做問介）（韋崔）浣紗你聽俺道來
〔風入松〕俺送他一鞭行色照河洲伴皇華兩三宿見
他向彩雲斷處凝回首青衫上閒淚偷流拜上郡主
待寫萬金書別來未久囑付你千金體免離憂（浣）還

有甚話（崔）秋鴻叫你箇浣紗婢不要閒行亂走（浣）咋
帶腳的不飛勾了（旦歎介）原來李郎回言叫俺將息
俺霍府偌大家門李郎去了他可有甚房分在這長
安央他一箇來看守家門到好你請韋崔二先生外
坐俺這裏問他（浣請韋崔外坐介）（韋崔）郡主敢問何
事（旦）李郎去仏匆匆妾身未得細詢家世一位支叢
既久知他更有何人（崔）郡主敢是湘十郎有箇夫人
麼
〔前腔〕他從來縹處北日不曾瞧（旦）不爲此問他身上

金[illegible]調和羞走也走也心撩青梅嫩蕊【旦】呢怎來的喜

[illegible]二先生問他送李頭何處有甚回言也

【前腔】知他去後[illegible]甚合長相思[illegible]

[illegible]頭真箇玉手傳送了他幾箇長字曲兒[illegible]話休

有的情詞寄上奉書[illegible]幾了孤單孤單教人快

[illegible]俺問个【[illegible]】[illegible]休聽休道二次

風入松【[illegible]】[illegible]一樁[illegible]行色照河[illegible]件是華兩三番見

他向[illegible]回首青衫上問淚[illegible]流拜上[illegible]士

[illegible]萬金書別來未久[illegible]你千金體須[illegible]憂【[illegible]】[illegible]

[illegible]記 卷上　生　[illegible]

有甚話【[illegible]】[illegible]你[illegible]如不見西行亂走【生】[illegible]

[illegible]的不[illegible]分了【旦】[illegible]介原來本李頭回音[illegible]消息

[illegible]大來門李郎去了他可有甚[illegible]分在這裏

[illegible]先[illegible]他一箇本不[illegible]家門到[illegible]你請[illegible]二先生[illegible]

[illegible]這裏問他[illegible]請[illegible]坐介【生】[illegible]主[illegible]回[illegible]

事【旦】李郎去[illegible]女[illegible]身未得[illegible]家也一位夫人[illegible]

院[illegible]知他更有何人【[illegible]】[illegible]主就是[illegible]十[illegible]有箇夫人

麼

何[illegible]得[illegible]他日不害羞【旦云】不[illegible]

有人[illegible]
[illegible]

帶有甚麽人（崔）只有秋鴻小廝問前魚何處有（旦）不
爲此問他骨肉有何人（韋）他身星照定無骨肉儘四
海爲家浪遊（旦）也可憐他少年才子恁的孤窮（崔）也
是他奇遇看藍橋遇仙是有平白地顯風流（旦）自云
（介）原來如此且住俺家也無以次人丁便要詢問李
郎消息也沒箇人前日李郎說他與二人至厚看他
客中貧窘喒家少甚麽來不如因而濟之以收其用
浣紗請二位秀才聽俺道來
前腔鳳拋凰去孤冷了鵲巢鳩既無眷屬二位先生

便是嫡親相看也緩急要箇鵲鴒兒搭救（崔）二生客
中貧忙怕沒工夫看管（旦）這箇不妨衣食薪芻喒家
支分尋常金幣不着你求喒家私要的是有毛詩云
丈夫之友將雜佩以贈之雜佩因何贈投望看承報
瓊玖（韋）既承委託凡有所聞託崔兄轉聞（崔）使得
前腔（韋）你凝妝穩坐在鳳簫樓有甚事教浣紗姐傳
示便了（崔）付青雀傳言他即溜俺二人不便頻來州
外觀不雅往來稠專打聽遠信邊州（韋）是則是弟兄
朋友閨門裏要你自持籌浣紗姐拜上郡主喒二人

是則是弟兄朋友句佳

你小生休人〔旦〕口只有[illegible]說小廝們這般何處着〔旦〕不

這此間的是何處人〔末〕的身是那先生無曾西[illegible]四

每寫來須說〔旦〕也可憐他少年才子生的那〔末〕也

是他寺遇着藍橋遇仙只是有不白也得風流〔旦〕白二云

〔全〕原來如此上任家也無回家人了便要請問李本

那消息也設說人前日李那說想與二人不上房書他

容中音詳往家小姐原來不外面而之濟以求其用

說一二云天才[illegible]道來

〔末〕原風流夫那你了誰巢鳩既無香囑二也先才

王實甫[illegible]《卷上》　其　吳紅定

俺是詩書[illegible]〔生〕[illegible]

巾皆[illegible]設工夫看〔旦〕這管不妨女貪新[illegible]

丈為國常金悠不清不求路家私不寓而見君手詩之

丈夫之文而無貝以賜之雖佩因何贈我蓮香承雜

遺〔人〕〔章〕有來秀許凡有所聞許生兄轉聞〔崔〕便得

前〔人〕遊〔章〕不遠坎謂坐在園繡樓有其事教游移更待

示於了〔崔〕作言倚言心自酒倫二人不便輕來也

小姐不往來潮事有遊道信遂〔宣〕是別起存況

則文園門裏要你白詳講說妙如弗上那生[illegible]一人

去也、

尾聲 生涯牢落長安走。向朱門領取閑愁。這女子賢哉、女俠叢中他可也出的手。下 浣 兩箇窮酸貼他怎的、

旦 只因夫婿遠從軍。急難之中也要人。

浣 正是禮從人意起。何須財出嗇家門。

第二十八齣 雄番竊霸

點絳唇 淨扮吐番將領丑老旦貼雜執旗上 生長番家。天西一架撐犁大家世。零逋番帳裏收千馬塞外

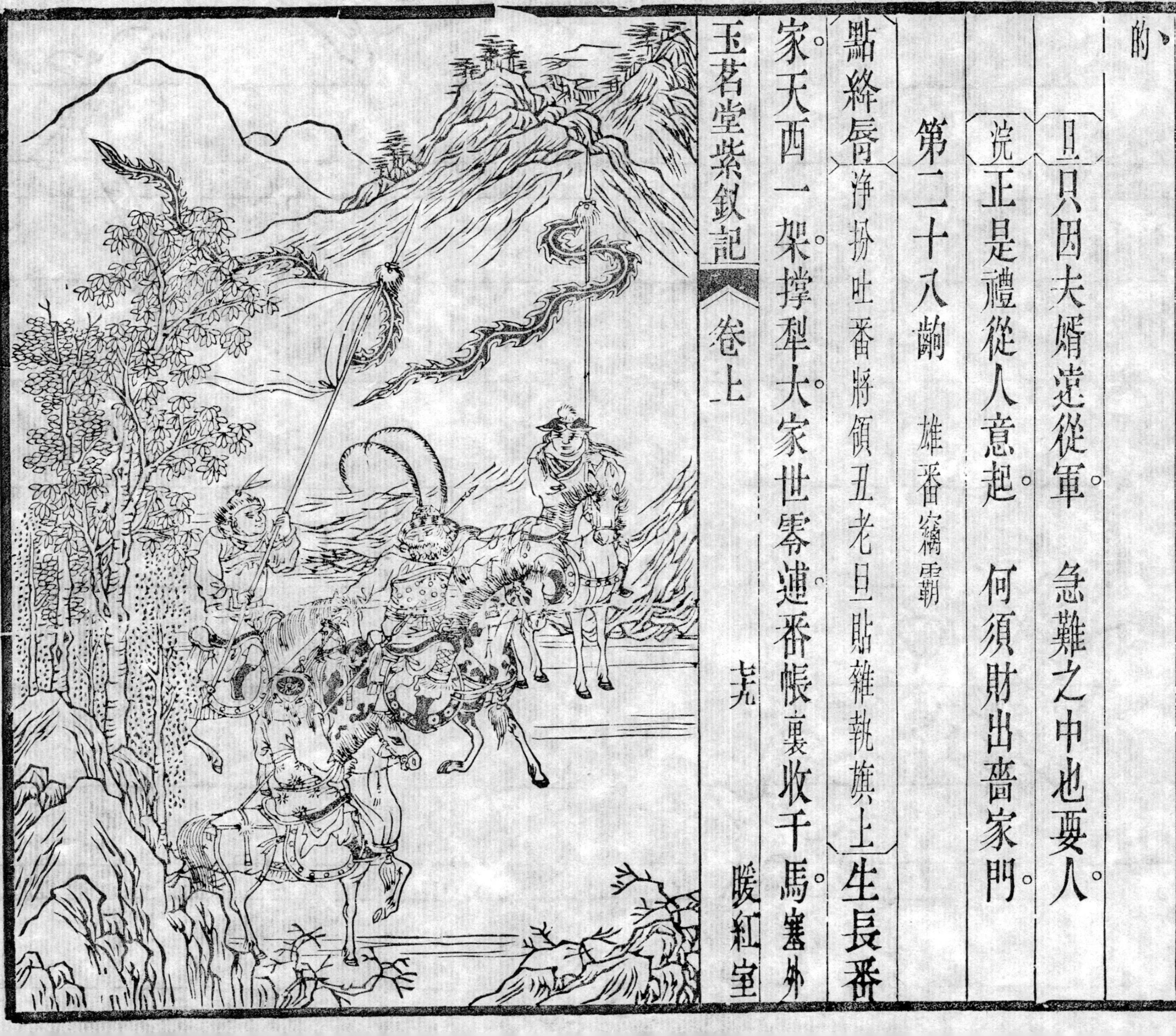

陰風捲白蘆。金衣琵琶氣豪粗。邏娑一望無邊際。投氣飄香小拂廬。咱家吐番大將鈐哄是也。咱吐番熱路穿心七百餘里、生羌殺手二十萬人。横行崑崙嶺西、片片雪花吹鐵甲、直透赤嶺河北、雄雄星宿立鎮刀。休在話下。所有小河西、大河西二國。原屬咱吐番部下、近日唐憲宗皇帝中興、與俺相爭、要彼臣服。那大河西出葡萄酒、小河西出五色鎮、心瓜、正要擾擾時節。不免喚集把都們號令一會。

水底魚（衆上）白雁黃花。塵飛黑海涯。番家兒十歲能

騎馬。又鳴笳。皮帽兒夥着黑神鴉。風聲大撞的箇行家。鐵里溫都谷喇。（見介）（番將）俺國年年收取大河西國葡萄酒、小河西國進五色鎮心瓜、如今正是時候、點起部落們去搶他一番、得令。（衆應介）

清江引皮囊氈帳不着家。四面天圍野。漢兒防甚秋。塞草偏肥夏。一弄兒把都們齊上馬。（衆作嗅香介）

前腔葡萄酒熟了香打辣。凹鼻子寒毛乍。醉了咬西瓜。刻起雪山花。趲行程番鼓兒好一會價打。

（淨）初夏草生齊。　番家馬正肥。

〔[illegible]〕〔[illegible]〕夏草生齊　番家馬五

瓜。剗地雪山。流過行。在番鼓兒。好一會價打

前[illegible]蕭[illegible]。了香打。[illegible]門鼻子凍手[illegible]醉了交西

塞草[illegible]肥夏一年兒。枯[illegible]上馬〔[illegible]作與香人〕

清江引。收疊[illegible]。不着家。四面天圍。[illegible]漢兒[illegible]來

[illegible]吃[illegible]何[illegible]門大指他一番得[illegible]令〔[illegible]〕

因蕭蕭酒小河西國進王[illegible]真小瓜如今王[illegible]時便

家鐵里温都谷刺〔[illegible]介〕〔[illegible]〕國年年收取大河西

[illegible]馬又[illegible]哈。史[illegible]兒[illegible]著[illegible]神[illegible]風[illegible]大[illegible]的宣行

王[illegible]詔〔[illegible]〕上　令　[illegible]

小[illegible]家魚[illegible]上[illegible]黃[illegible]流[illegible]海進番家兒十[illegible]

[illegible]何[illegible]不[illegible]與[illegible]相[illegible]號令。會

大河西由[illegible]小河西由王[illegible]小瓜王[illegible]

部下[illegible]唐[illegible]宋皇帝中[illegible]相爭要[illegible]西

刀休在[illegible]下所有小河西大河西二國[illegible]番

西[illegible]次[illegible]甲直[illegible]赤[illegible]北[illegible]只[illegible]立[illegible]

路[illegible]小七百[illegible]里生[illegible]殺手二十萬人[illegible]行[illegible]論

家[illegible]小[illegible]番家[illegible]大[illegible]是[illegible]番[illegible]

陽[illegible]風[illegible]白[illegible]金[illegible]大[illegible]遙[illegible]一[illegible]

射飛清海上。傳箭玉關西。

第二十九齣　高宴飛書

一枝花　劉擁小生淨扮將官老旦雜扮卒執旗上　牙旗翻翠葆。彈壓燕支道。轅門金甲偃。閒吟眺。玄鬢初驚。坐聽新蟬噪。大樹將軍老。柳色槐陰。偏稱羽扇綸巾清嘯。

臨江仙　河漢千年鳳舞。燉沙萬里龍荒。封侯只愛酒泉鄉。關山瞻漢月。戈劍宿胡霜。　紫塞夜搖風角。薇垣曉動星芒。翩翩書記舊河梁。幕中邀謝艾。麾下得周郎。自家劉公濟是也。承天子命拜朔方何

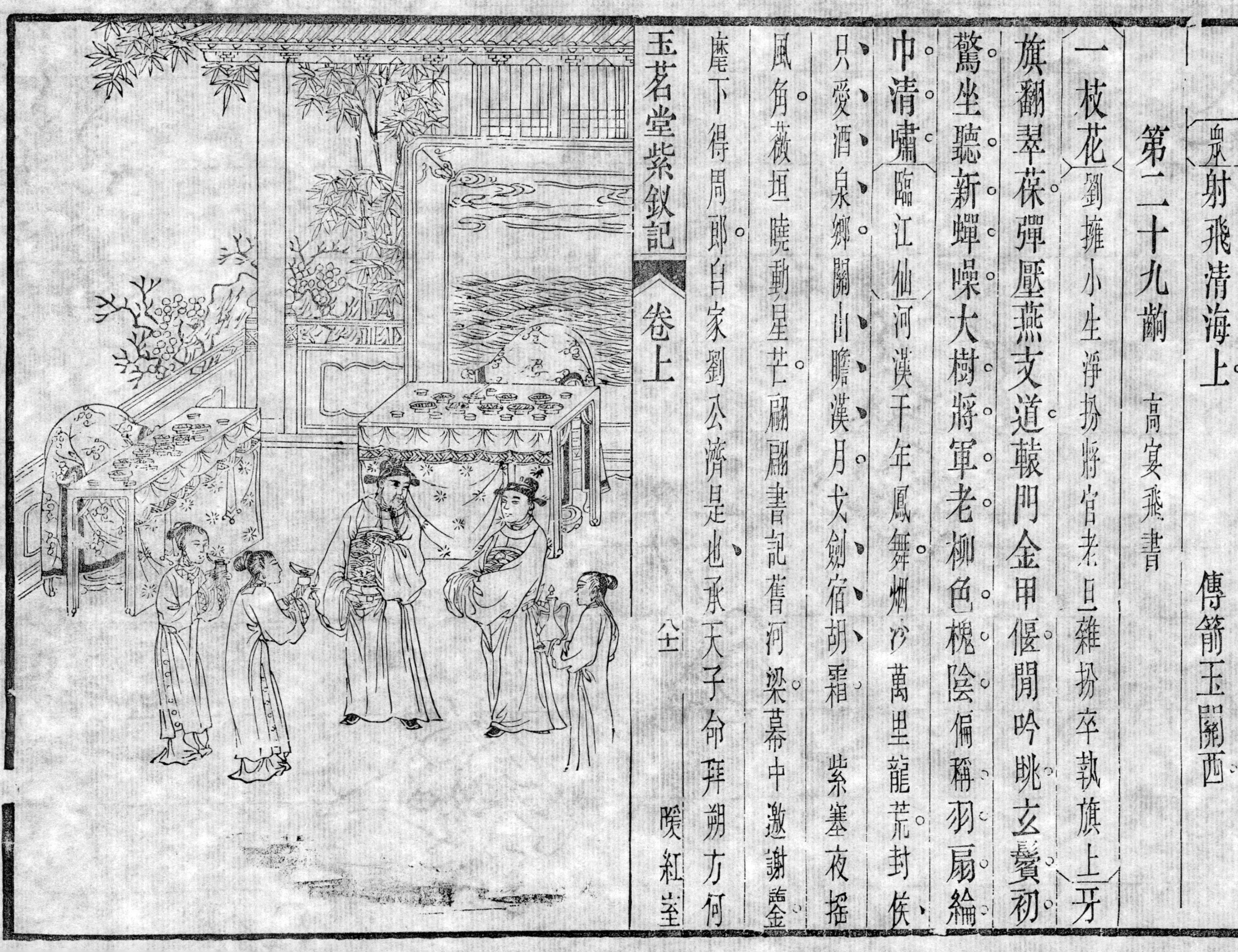

夢鳳按原題梁州序今從葉譜

西二道節鎮近彩軍門關外、奏准聖旨、親點狀元
李益參軍、乃吾故人也、報說今日到任、已分付各邊
城、旌旗號令、精整一番、堂候官備酒、（堂候上應介）理
會得、（內鼓吹介）
滿江紅（生引秋鴻貼雜執瓜鎚上）寶馬嘶雲、青絲鞚
龍鞭袖裊、河橋聽、鳴笳疊鼓、暮山欲噪、玉帳門前歌
吹動、戍樓嶺上紅旛繞、（衆）風烟河畔引王孫、青青草
（見介）詞場第一名、（生）軍事得參卿、（劉）客冠三台坐、（生）
人依萬里城、（劉笑介）李君虞、今日劉公濟可是言也、

玉茗堂紫釵記（卷上） 全　暖紅室

左右看酒、（堂候）曰、永篆香官畫轄、風清繡幙好投壺
酒到、（劉奉酒介）
梁州新郎（梁州序）玉堂年少、日華天表、共仰雍容廊廟、
何緣關塞逢迎、仙旆飄搖、似你三千禮樂、十萬甲兵、
百二山河小、自來帷幄裏、夢賢豪、萬里雲霄一羽毛、
賀新郎（合）清和候、烟塵道、展營門細柳平安報、軍中宴、
鎮歡笑、
前腔（生）非熊奇貌、卧龍風調、綠鬢朱顏榮耀、長城萬
里、君侯坐擁幢旌、快覩軍容、出塞府禮登壇、冠世英

雄表金湯。生氣象迴。銅標圖畫在麒麟第一高。〔合〕前

〔劉〕參軍到此。卽有軍中一大事請教。玉關之外。有小河西、大河西二國。自漢武皇開西域。四郡隔斷匈奴。這兩國年年貢獻大漢。大河西鼠葡萄酒。送在酒泉郡賜宴。小河西獻玉。包鎮心瓜。送在北瓜州。犒賞到大唐列年舊規不改。近日吐蕃挾制。貢獻全疏。意欲興兵。相煩草奏。〔生〕容下官措思。

〔前腔〕〔劉〕碧油幢。燕雀風高。金字旗。龍蛇雲繞。聽胡笳吹徹。平安烽早。深感主恩鄭重。軍令分明。你筆陣掀

翻掃。墨花催盾鼻。詞揮毫。倚馬西飛插羽翹。〔合〕前〔生〕老節鎮在上。河西貢獻不至。興兵士見不錯。但是四五月間。晴雨不常。天氣未便。下官則以筆墨從事。願草咫尺之書。先寒一國之膽。更容下官分兵戍守河中。受降城外。緣吐蕃之路。使他不敢坐圖兩西。則酒泉不竭於唐。甘瓜復歸於漢矣。〔劉〕參軍高見。此乃王粲登樓之才。李白嚇蠻之詩也。左右。取大觥。進酒。〔生〕應介。酒到。

〔前腔〕〔生〕染宮袍。來附金貂。總戎陣未妨魚鳥。拂花邊。

[illegible]

前題 主 梁宮初來入洞今洞[illegible]

[illegible]

大唐初年舊地不收近日比蕃歲削貢獻全無宣[illegible]

定西國年年貢獻大[illegible]大河西[illegible]

河西大河西一國自漢[illegible]

王右[illegible] 卷上 全

吹[illegible]平安[illegible]主恩斷重軍令分明[illegible]

前題 劉 與[illegible]風高金字旗[illegible]雲[illegible]

簇馬風前歌帽憶得西清別騎東府君侯不信邊頭
好燕然今咫尺侍雄豪書劍從軍敢告勞（合前）（堂）女
樂們走動（旦貼上）整頓舞衣雲出塞動搖歌扇月臨
邊（旦衆樂介）
（節節高）金花貼鼓腰一聲敲紅牙歌板齊來到龜茲
樂于闐操花門笑怕人間譜換伊梁調甘州入破橫
雲叫（合）酒灑西風茜征袍軍中且唱從軍樂（旦衆舞
介）
（前腔）裁停碧玉簫陣花飄河西錦帶翩翻耀風前掉

掌上嬌盤中俏燕支山下人年少紅氍隊裏華燈照
（合前）
（尾聲）聽鳴笳芳樹篇篇好小梁州宴罷人長嘯單則
見玉門關外老班超
（劉）軍中高宴夜堂開　城上烏鶩探馬來
（生）火照壘花飛草檄（衆）衆傳君負佐王才（劉弔
場叫中軍官明早到參軍府領下檄文二道矯詔宣
諭大小河西責其貢獻不服之時興兵未遲正是鞍
馬不教生髀肉檄書端可愈頭風（下）

第三十齣　河西款檄

粉蝶兒（雜扮大河西回回扮西大鼻鬍鬚上）撒朵天西泥八喇、相連葛剌、哈占定、失蠻田地。馬辣酥拌飲食人兒肥美。花蕊布纏匝胸臍。骨碌碌、眼凹兒滴不出梧桐半淚。自家大河西國王是也。天時葡萄正熟、東風起、釀酒貢獻吐番。今又聞得大唐天子起兵把定玉門關、要嗒國伏降。嗒國無定、先到者爲大嗒。便釀下葡萄酒、看大唐吐番誰先到也。（番卒上）報、報、大唐使臣到、（內呼介）使臣到、大唐皇帝詔諭大河西

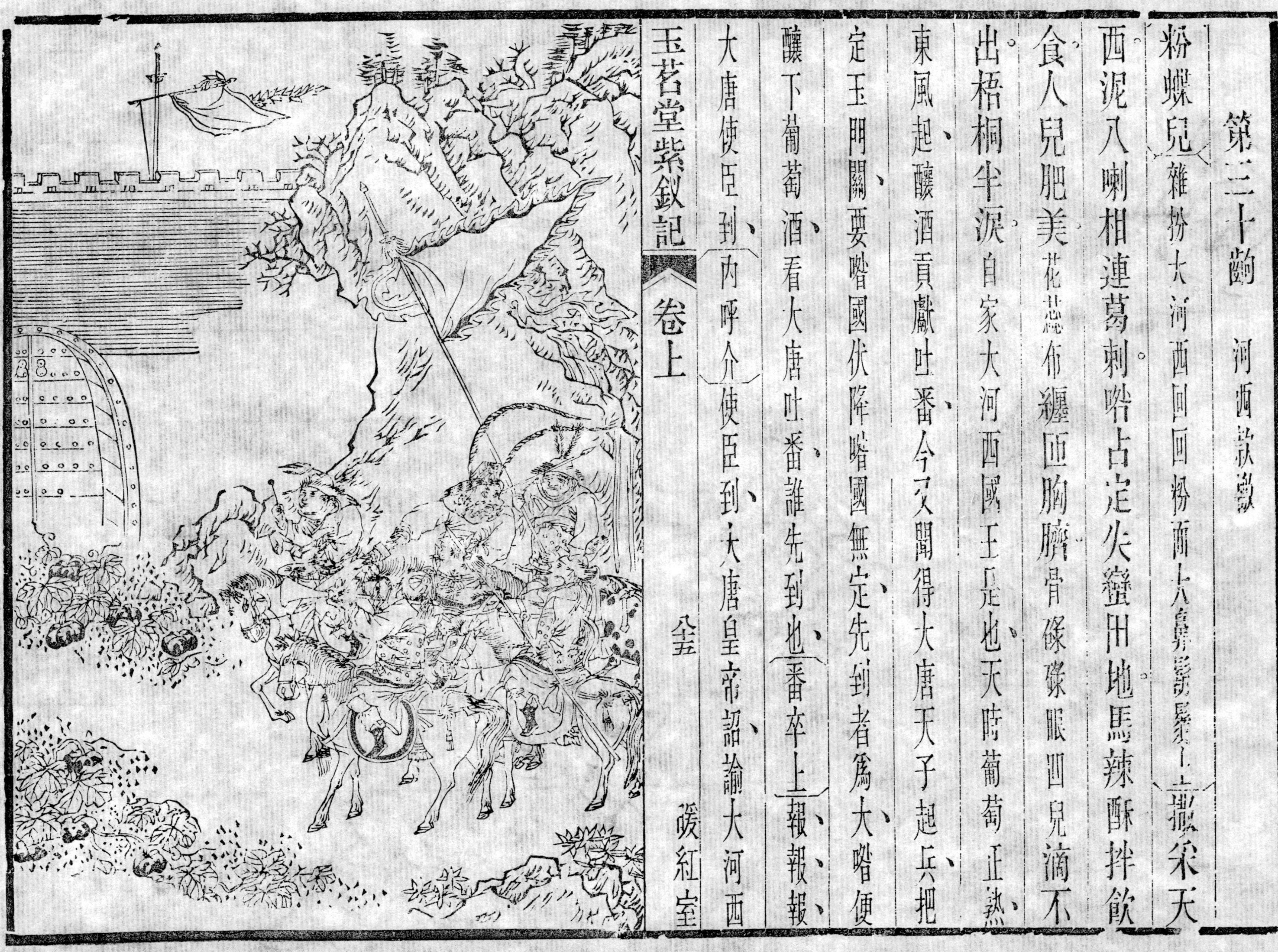

卷上

第三十一圖

王跪聽宣讀、昔漢西域、說開龜茲歸漢、今遣劉節鎮、
李參軍、鎮定大河西、可從節制、不服者興兵誅之、叩
頭謝恩、番王起介、請大唐使臣喫馬桐宴、內應介、即
往小河西去、不可久停、請了、番王倚國降唐也、自有
河西稱大國。從今斗北向中華。下。

新水令、雜扮小河西回回青面大鼻鬍鬚上、火州西。
撒馬兒田地大狻猊降服了。覆着氊旃兒做坐席恰
咬了些達耶古賓蜜。淥了些火敦腦兒水。鑌鐵刀活
伶俐。燒下些大尾子羊好不擷人的鼻。自家小河西

國王是也、先年臣服大唐、近日貢奉吐番、到瓜熟時、
吐番便來蹂踐一番、若再來擾、到不如降了大唐也、
內呼介、詔使到、大唐皇帝詔、諭小河西王跪聽宣讀
皇帝念小河西絕遠、今遣劉節鎮李參軍撫之、逆者
興兵誅討、叩頭謝恩、番王起介、請大唐使臣喫了燒
羊尾巴去、內應介、使臣便往回中受降城、斷絕吐番
西路、不得遲留、請了、番王唶降唐罷、正是詔從天上
下。嚇殺小河西。下。

一枝花、雜扮吐番將黑臉領丑老旦貼雜執旗上、甾

一枝花 [illegible]

下轄殺人河而。〔丁〕

百般不准他說諸了〔番王〕在河通路正是殺天十

羊兵巴主〔內〕遮人〔介〕伏巴在回中受降漢邊給止番

奧兵兵羨門面前因番王在〔介〕請大唐使臣與了講

皇帝念小河西金送令道飲鎮本參軍其之迭者

內字〔介〕說撥到大唐皇帝說論小河西王訖靈宜講

此番頭來救一番落再來退宜不如降了大唐也

國王是也今年臣服大唐近日貢奉也番到瓜州時

王敎登記〔參上〕全六　賢得主

伶俐。諸下半世大尾子羊我不識人的身。自家小河西

交了此進所古貢礦渠了些火敢滿兒。水鐵刀話

藏巨回田地大殺衛降服了兩番着邊洲兒假分得合

濟水〔介〕雜耕小河西回回青面大鼻發〔上〕火州西。

河西再大國待今北向中華〔丁〕。

待小河西去不可人待請了〔番王〕在國宰臣也白有

項謝恩〔番王起介〕請大唐使臣與一安西酒個單

令參軍鎮守大河西可從諸帥大將者與六兵兵中

王遺議宣請甘漢西城設職者兵漢人的館無

風白蘭路。遊暑黃楊渡。槍纓兒剔透本三門豈閃閃
風沙。陣腳紅旗布打一聲力骨碌。俺帽結朝霞。袍穿
氆氌。劍彈金縷。天西靠着閃摩黎同鶻鶻茲拜舞齊
只有河西雙鷂子西風吹去向南飛自家吐番大將、
起了部落、騷擾大小河西、你看一路上好景致也、行
路打圍介
端正好旗面日頭黃。馬首雲頭綠。草萋迷遮不斷這
長途。大打圍領着番土魯番。綁札定黃花谷。
滾繡毬風吹的白茫茫草葉低甚時節青疏疏柳上

絲。聽的咿呀呀雁行鴉侶吱听听野雉山狐。急張抱
勾的捧頭獐。赤溜出律的決口兔戰篤速驚起些窣
格落的豪豬。咭叭喇喝翻了黑林耶。雕虎急迸格邦
的順邊風幾棒攔腰鼓。濕溜溜刺的是染塞草雙雕
濺血圖。錦袖上糢糊。呀、到大河西了、問葡萄酒熟麼、
內應介大唐使臣到此、俺國降唐了、番將怒介呀、大
河西降了唐也、
倘秀才呆不鄧的大河西。受了那家們制伏滿地上
縱葡萄亂熟。醞就了打辣酥兒香碧綠。你獻了呵三

夢鳳按原題前註誤今改正

杯和萬事。降唐呵、也依樣畫葫蘆。罵你箇醉無徒把都們且搶殺他一番、（作走殺介）呀、前面小河西了。問他鎮、心瓜熟麽、（內應介）大唐使臣到此。已降唐了。（悉將怒介）呀、小河西又降了唐也、

【么篇】些娘大的小河西生性兒撒古。東瓜大的小西瓜瓤紅子烏。刺蜜樣香甜么雪髓。小河西、你獻喒瓜呵、省可了喒心煩暑。不獻呵、瓜分你國土。敢待何在（內）大唐分兵去截你歸路了、你國敢怕唐朝也。番說大唐麽、

【尾聲】暫回軍放你一袭降唐路。喒則怕大唐家做不徹。拔刀相助。喒不道決撒了呵、有日和你打幾陣戰河西得勝鼓。

（番將）番家射獵氣雄粗。　去向河西嚼骨都

（眾）似倚南朝做耶主。　可知西域怕匈奴。

玉茗堂紫釵記卷上終

王右丞集箋注卷十終

[illegible]

王右丞集箋注 卷十 八十六

[illegible]